MANCHUAN
MANCHUAN
MANCHUAN
MANCHUAN
MANCHUAN

漫川

零点 零零后

张继巍 曾岩 著

北京联合出版公司

图书在版编目（CIP）数据

漫川：零点零零后 / 张继巍, 曾岩著. — 北京：北京联合出版公司, 2021.8

ISBN 978-7-5596-5432-8

Ⅰ.①漫⋯ Ⅱ.①张⋯ ②曾⋯ Ⅲ.①散文集—中国—当代 Ⅳ.①I267

中国版本图书馆CIP数据核字（2021）第139509号

漫川：零点零零后

作　者：张继巍 曾 岩	出版监制：辛海峰 陈 江
出品人：赵红仕	
责任编辑：龚 将	特约编辑：王周林
产品经理：唐鲁利	

北京联合出版公司出版
（北京市西城区德外大街83号楼9层 100088）
北京联合天畅文化传播公司发行
三河市信达兴印刷有限公司印刷　新华书店经销
字数 20千字　787毫米×1092毫米　1/32　6.5印张
2021年8月第1版　2021年8月第1次印刷
ISBN 978-7-5596-5432-8
定价：58.00元

版权所有，侵权必究
未经许可，不得以任何方式复制或抄袭本书部分或全部内容
如发现图书质量问题，可联系调换。质量投诉电话：010-88843286/64258472-800

| 目 录 | **星 海** 001 | 星 海 雨 月 | 003 009 021 029 |

◆

| | **你 我** 039 | 我 看 梦 恋 念 你 | 041 055 071 079 099 117 |

◆

| | **希 望** 135 | 悟 光 终 | 137 179 191 |

◆

后 记

204

星
海

星

34°28′N 69°11′E

与其觊觎长空星河,不如垂涎你满目山河

不经意见到你满眼温柔

只一瞬

便暗淡了天上的星子

星光熠熠,路边的蔷薇开了

41°18′N 19°49′E

那里我的白昼是你的深夜

浩瀚星河缀着数不完的星

36°42'N 03°08'E

你说星河好美啊

从此我爱上了每一颗星星

42°31'N 01°32'E

海

阳光太强,向日葵也会枯死

水太深,鲸鱼也会溺毙

瓶子里黏浊的墨汁是大海失恋后的颜色

腥臭的气味是残存在我身体里的遗物

我这个在岸边狂奔的人,追不上潮汐

08°50'S　13°15'E

或许人人都想做大海

你想

他想

我也想

我们没人想做那艘小船

可能岸上的人更爱海

海上的人更向往港湾

有人生于尘埃

有人溺于人海,死于理想高台

36°30'S 60°00'W

她是野性的

海浪无法侵蚀,夜晚甘拜下风

难过的是

房间里烟雾缭绕,看不清她最后的表情

40°10'N 44°31'E

深海拥抱孤岛，深情无所不及

等到黑夜翻面之后,会是新的白昼

等到海啸退去之后,只是潮起潮落

35°15'S 149°08'E

我活在海底

悲伤和黑暗都不敢告诉你

在那大海的彼端

一定有那空蒙的彼岸

做最温柔的梦

盛满世间行色匆匆

48°12'N 16°22'E

雨

40°29'N 49°56'E

教室外面下着雨

我从未看雨

你从未看我

他没流过一滴泪

却被大雨包围

没有所谓的避风港

纵然雨再大再狂

也要独自走一场

25°05'N 77°20'W

三月的雨滴在肩上

我把头缩在领子里

想一二月的雪

和四五月的风

26°10'N 50°30'E

窗外下雨,有人撑伞,有人心怀两面

23°43'N 90°26'E

雨曾经也热烈过

现在也寂然了

有些情怀就算再忙也不能丢的

比如写诗

比如听雨

比如爱你

53°52'N 27°30'E

月

月亮有它的皎洁

我们是街边破碎的路灯

长明不暗的月伫立在山峰

白天在沉睡

夜幕时静默伸展

它不希望森林高耸的地方

只有太阳的光亮

认真生活的人拥有月亮做的渔网

即使身处坎坷

依旧能捕捉到闪亮的星光

50°51'N 04°21'E

洒在地上的月华,和湖面上慢慢升起的烟

月轮在抚她的袖子,散落了一地的悲切

17°18'N　88°30'W

天上的日恋着星爱着云看着树，树上的鸟飞向月

06°23'N 02°42'E

茶凉了,月亮碎了,洒了一地的清秋词

在一片茫茫星海中，月亮也渴望一场暴雨缓解尴尬

27°31'N 89°45'E

你
我

16°20'S 68°10'W

我

我是在一瞬间明白

故乡和远方的距离

这么近那么远

他独自闯过风雪

拥抱他的春天

我待在寂静的森林里

看不见远方

既然在别人的世界里微不足道

何不在自己的世界里熠熠生辉

43°52'N 18°26'E

那些阴影刺痛我了,人们肯定想不到

后来我做的好多事,都和那些阴影有关

24°45'S 25°57'E

我在凌晨等太阳

越等越失望

15°47'S 47°55'W

生活日复一日

我逐渐学会与自己达成和解

已然被定义完，已然就是这样的人

在每个自我崩溃的深夜，发现自己其实还是毫无长进

42°45'N 23°20'E

我的骄傲不允许我把这段崩溃的日子告诉别人

只有我自己知道,我和以前判若两人

我试图藏起情绪

却忘了眼睛会说话

记忆也快被时间冲散了

我拼了半条命抓住的

还是我自己的过去

12°15'N 01°30'W

03°16'S 29°18'E

我穿过亘古的长风去等待黎明

我拥抱着山川，亲吻水声

我逐鹿山棱

11°33'N 104°55'E

看

清泉倒映着远山

水墨色的沉沉的云压着晚秋

嘉陵江上美极的鹧鸪，潋滟着我头顶不漏一滴清澈的湖

03°50'N 11°35'E

那里有巷子左右临江，有一张小小的床，和一方

碎格子的窗

45°27'N 75°42'W

是这世间疮痍满目

还是看这世间的人千疮百孔

我看见它正在上岸

很慢

但很坚定

写着残次的诗,吞着浓烈的酒,他们一败涂地

33°24'S 70°40'W

小城的天际线规律错落

39°55'N　116°20'E

黑夜与白昼交界的地方,是第三个时空的婆娑

在黑白分明中,活生生划出了一道伤口

那段路很短，我却感觉像过了一个秋天那么久

这个季节的风是凛冽且凌厉的,肃杀着我的二八情怀

04°34'N　74°00'W

我在你看不见的角落

用余光看了你千百遍

09°55'N 84°02'W

飞往北方的鸟雀扑棱着翅膀

看着南方的鸽子在玫瑰花上盘旋

森林失火

远远望去,像坠了场日落

06°49'N 05°17'W

45°50'N 15°58'E

梦

在失去脚步声的日子里

夜行者的秘密总是轻盈

噩梦使人相信

黑夜是可以被虚度的

23°08'N 82°22'W

蓝鲸搁浅于礁石

月亮垂死于海平面

梦流浪在人间

失眠的人连做噩梦的机会都没有

心底的嘈杂声才是一把把无形的刀

不管是重叠着梦幻,还是一直醒着

都是停在外界和内心的刀刃上

50°05'N 14°22'E

美梦要有

起码那段虚幻世界麻痹夜晚的时间我喜欢

这个年纪真好

能在课桌上撑着头天花乱坠地聊着自己的未来和梦想

39°09'N 125°30'E

55°41'N 12°34'E

恋

刺猬做不了别人怀里的猫

两个契合的灵魂永远会胜过所谓的距离和时效性

只是我爱你

义无反顾

用尽我的余生

00°15'S 78°35'W

那里枯草遍野，万物荒芜

我的心却像一眼汩汩的清泉，滋养着一棵濒死的树

30°01'N 31°14'E

诗人这辈子只为自己喜欢的人写诗

我也不是很记得，他讲话时嘴角升起的弧度

以及睫毛轻颤的频数

她好像风,在你这里吹起万片花瓣,却又和云去了远方

59°22'N 24°48'E

原来自己的飘荡是为了追上热烈的风

09°02'N　38°42'E

他握住我的手腕

我触碰到了我的浪漫

我花了半生孤勇和一腔热血去寻你眼中的焦灼

不被发现的心意永远是无疾而终的悲剧

18°06'S　178°30'E

你欲藏于"人从众",他偏找你"众从人"

60°15'N 25°03'E

我想让风也开花，送你满春的山花烂漫

重要的不是花，而是被惦记

初见是一瞥的心跳

重逢是始料未及的惊喜

48°50'N 02°20'E

眼泪不会白流

理论上讲

它们蒸发成云

总有一天能降落到你爱人的鼻尖

喜欢是真的喜欢，忘了也是真的忘了

41°43'N 44°50'E

我一纸纸清诗

诉不尽姑苏的愁

52°30'N 13°25'E

我期待一场偶遇

那是我唯一再见到他的机会

05°35'N 00°06'W

念

我想你了，山河可鉴

大抵是他让我回忆起那些昙花一现的事情

云卷云舒,暖锋过境

我思念的人在那座灯市里，无冬无夏抑或长冬长夏

只是一味地在延展的信笺里，千里百里

37°58'N 23°46'E

14°40'N 90°22'W

信纸上的平仄恰当,所以过去的日子变得长

把我对你的思念兑些悲伤封存

七分酿成月光,三分放在心上

记忆汹涌，一不小心就会淹没好不容易搭建起的城池

47°29'N 19°05'E

民谣可敌酒

那些有故事的人不能听

64°10'N 21°57'W

爱意埋入谷底

于是野花颓靡

风带起半两相思

酒酿桃花三月，我念你五洲

故事避开的

往往是最在意的人

28°37'N 77°13'E

那些你以为与你再无瓜葛的人

却在那么多个容易脆弱的夜里

忍住了一万次想要联系你的冲动

多的是你不知道的事

总有一个人原本只是生命的过客

却成了记忆的常客

你失眠了,是因为我梦到你了

我失眠了,因为我梦不到你了

06°09'S　106°49'E

我终于忘记了你

你小时候放在我家阳台上的仙人掌我已经好多年没打理了

它昨天开花了

35°44'N 51°30'E

我以为不留痕迹

却相思满溢

我卧在桃花酿过的、将要安眠的日下

回忆都零碎得七七八八

53°21'N 06°15'W

你

41°54'N 12°29'E

花店需要花

可花未必需要花店

花店需要的不止你一朵花

花也不止你一朵

既是渔人，就应当在暴风中藏身

51°10'N 71°30'E

没有谁会一冲动就离开你

那些难过无助你都看不见

就像堤坝下因侵蚀而逐渐变大的裂痕

你看见的只是它崩溃的瞬间

01°17'S 36°48'E

他一转身就能开始新的生活

那你呢

物欲横流的时代

你靠爱匍匐求生

你是我寻章摘句也够不到的款款清茶

岁月讴歌几许,都不抵你一句

56°53'N 24°08'E

你只会埋怨蔷薇的枯萎,全然忘却自己未曾浇过水

33°53'N 35°31'E

我在湖边等你回来

等到三月的桃花五月又落尽

我有时候还是会翻看你清正笔挺的字迹

我还记得你那心字底写得甚是苍劲

06°18'N　10°47'W

愿关于你的所有回忆都葬在这被早春微风吹落的桃花中

你忙着靠近，他忙着走

18°55'S 47°31'E

像一出戏，一演就演到了深秋

那时候，花都败了，云也丢了

你也老了吧

03°09'N 101°41'E

你于明暗交界处醒来

单薄却美丽

浪漫的灵魂从来不向平淡的生活妥协

那双眸子深邃得要命

像极了春日的翡翠和姑苏的潭水

35°54'N 14°31'E

依然相信你有一身傲骨

一如曾经

我的双眸里只有你

希望

19°20'N 99°10'W

悟

每个人都有自己的路要走

渐行渐远也没关系

从某一天开始

失去了也只是在心底轻叹一声

25°58'S 32°32'E

走不出自己执念的人

到哪儿都是囚徒

27°45'N 85°20'E

生活就是我拔出耳机之后的喧嚣

那些看着什么都无所谓的人

在他们心底都有一个地方碎得特别彻底

人类的本质是

海水

月亮

和一些心碎

52°23'N 04°54'E

天，将黑未黑最浪漫

人，不远不近最自然

41°19'S 174°46'E

我们是在忽然间感觉话语苍白的

长大就是一个倾诉欲不断下降的过程

半生疾苦，一碗蹉跎

09°05'N 07°32'E

有时候不是故作沉默，只是实在无力诉说

59°55'N 10°45'E

我们不屑与他人为伍,却害怕自己与众不同

不依赖，不寄托，不畏也无谓

忙碌足以冲淡许多复杂情绪

14°40'N 121°03'E

生活不会放过那些本就在深渊里的人

别随便找个参照物，就堕落得心安理得

52°13'N 21°00'E

没有安全感的人最会给人安全感

38°42'N 09°10'W

伤春悲秋是因为忧愁太少

脑子总是喜欢欺骗心脏

人们所谓的遗憾，归根结底还是不甘

37°31'N 126°58'E

那些过去仓皇落幕

一生一次

再不能回头

人总会因为一次感动就压上自己全部的执着

黑色是纯净的

即使人们有了火把

夜也还是黑的

55°45'N 37°35'E

不假思索地用正和歪去定义别人的三观

本身就是一种傲慢

24°41'N 46°42'E

拎着一袋垃圾,所以错过了很多礼物

25°44'S 28°12'E

孤独的人有发烫的灵魂

废墟的玫瑰依旧灿烂

墓地的蔷薇开得烂漫

腐朽的永远只有温室里的铃兰和烈阳下的百合

人类不相通的东西太多了

不只是喜悲

40°25'N 03°45'W

每一段艰难的日子都会让你认清一些人

有时候并没有谁对谁错

人本来就是互相依偎互相伤害的

那些爱啊恨啊随着时间沉淀也就慢慢淡开了

乌鸦也惧怕黑暗，所以总在黄昏时认真记住世界的样子

59°20'N 18°03'E

风轻云淡说出来的往事

都是压箱底的意难平

灯光绚丽的城市

铺设着人性的残渣

46°57'N 07°28'E

人类的冷漠葬送了所有希望

候鸟认定了家的方向

遇到再温暖的地方也不会驻足

意难平的意思大概就是生活它没有如果

33°30'N 36°18'E

生活葬了纯真

物欲脏了灵魂

38°33'N 68°48'E

年龄到了,有些事就妥协了

这个世界没有人可以随心所欲,生活会逼着你选择答案

什么都明白,可什么都改变不了

13°45'N 100°35'E

人生的疾苦都在未来的路上埋伏好了,等你出现

一样都不会少

人们习惯满怀心事却欲言又止

尘世中顺心的大多数都是失魂落魄的人

06°09'N 01°20'E

好像所有委屈都咽下去

他们才觉得你懂事

36°50'N 10°11'E

光

白鸽停留的教堂可能没有玫瑰

乡间麦田的向日葵却簇簇盛开

荆棘丛生的路上，会看到浪漫的花

那些花还会重新开的

你要知道,那不同的春来了又来

39°57'N 32°54'E

你眼中诗意的烟火,是我想要到达的彼岸

50°30'N　30°28'E

热风扑过城墙的尸骸

玫瑰开花

窗外的天蓝得不像话,操场上的音乐恣意

阳光刺眼,夕阳温柔

24°28'N　54°22'E

频繁惊醒的那个凌晨,大雾慢慢散去

远处的云雾轻拂过黛山

教堂的白鸽落入污水之中,却依旧圣洁

风总有一刻会停,而我们就是剩下的热爱者

51°36'N 00°05'W

只要一直跑

不停地跑

就一定会有最温暖的回应在等候

在某个街头或小巷

06°08'S 35°45'E

橘黄的日落点缀世间

有风经过,停在窗边

39°91'N 77°02'W

终

这三月的风吹得我脊背泛凉,我们还没完整地度过

一个冬天

也未曾看见过他穿着笨重的羽绒服的样子

没有机会用手帮他理好帽子,再目送他远行

34°50'S　56°11'W

我们来日方长,愿你别来无恙

可是后来晴天阴天下雨天，我再也没见过他

哪怕这座城市这样小，我也再没见过他

我的故事最终无人歌颂，却把自己感动

也许忘记不是惩罚

永远记得才是

41°20'N 69°10'E

10°30'N 66°55'W

性格里的那些果断都用来告别了

在那样艰苦的日子里，我祝他幸福

后来他们两眼相望,往日情深最终吹散在了风中

我还是不想祝他幸福

21°05'N 105°55'E

我就这样捧着一束花，和他从清晨走到黄昏

一本书重新读一遍会有新的感悟

但不会有新的结局

15°28'S 28°16'E

故事没有翻到最后一页

都不是结局